Voyage à Montbard

Hérault de Séchelles

© 2024 Culturea
Texte et illustration de couverture : © domaine public (open access licence CC0 1.0 universel)
Édition et mise en page : Culturea (Hérault, 34)
Retrouvez notre catalogue sur http://culturea.fr/
Contact : infos@culturea.fr
Imprimé en Allemagne par Books on Demand Gmbh
Design typographique et layout : Derek Murphy et Reedsy
ISBN : 9791041993024
Date de parution : Mars 2024
Ce livre :
— a été composé avec une police open source libre de droits dessinée sur Open Fondry
https://open-foundry.com/
— est édité en libre access sous licence CC0 (Creative Commons Zero) afin de conserver l'oeuvre au plus près des caractéristiques du domaine public.
— offre la possibilité à son lecteur de partager, dupliquer ou distribuer son contenu, sans restriction ni réserve.
— permet de replanter un arbre. SHS Éditions soutient Plantons Pour l'Avenir, fonds de dotation pour le reboisement des forêts françaises
400 projets de reboisement de forêts soutenus depuis 2014 à travers la France
https:/www.plantonspourlavenir.fr/

[I] PRÉFACE

La vie publique de l'auteur du VOYAGE A MONTBARD est bien connue. Tour à tour avocat au Châtelet, avocat général au Parlement de Paris par la faveur de Marie-Antoinette, un des vainqueurs de la Bastille, juge élu à Paris, commissaire du roi près le tribunal de cassation, député de Paris à l'Assemblée législative et à la Convention nationale, membre du Comité de salut-public, guillotiné le 5 avril 1794, à l'age de trente-quatre ans, Hérault de Séchelles suivit la politique et la fortune de son ami Danton.

Mais on peut dire que, si considérable qu'ait été le rôle politique d'Hérault, il fut peut-être inférieur au mérite de cet homme distingué, une des [II] natures les plus fines qui aient paru dans la fin du XVIIIe siècle.

Ses opinions philosophiques étaient celles de Diderot, qu'il loue sans réserve dans les pages qu'on va lire, et il pensait ouvertement du mystère de l'origine des choses ce que Buffon en pensait au fond du coeur. Sa conversation était fort hardie. Peu après 89, l'avocat Bellart, invité chez Hérault au château d'Épone, fut scandalisé des propos qui s'y tenaient. « Le maître de la maison, dit-il, se reposoit des impiétés avec les obscénités. Enfin, en deux ou trois jours, je fis la découverte qu'il étoit matérialiste au plus haut degré. » Bellart se mit en tête de le contredire et lui débita une tirade aussi orthodoxe que la remontrance de Sganarelle à don Juan : « N'ayez pas peur, repartit l'autre : quoique matérialiste, je ne m'en occuperai pas moins de vous servir, s'il le faut. »

En frimaire an II, Vilate assista à une conversation entre Hérault et

Barère sur le but suprême de la Révolution. Hérault se plaçait surtout au point de vue philosophique. Il voyait déjà « les rêveries du paganisme et les folies de l'Église remplacées par la raison et la vérité ». « La nature, disait-il, sera le dieu des François, comme l'univers est son temple. » Il exprima donc son sentiment intime, quand, présidant la Convention nationale à la fête du 10 août 1793, il adressa devant le peuple une prière officielle à la Nature. D'autre part, dans [III] sa mission à Colmar, il avait fait une proclamation « pour remplacer, disait-il, les religions mensongères par l'étude de la Nature », et pris un arrêté qui rendait le décadi obligatoire et instituait une fête de la Raison dans chaque chef-lieu de canton.
A l'animosité de Robespierre, que firent naître de telles opinions, il eût fallu opposer des moeurs pures et rigides. Mais ce délicat (peut-être entièrement dégoûté) vécut dans une orgie élégante. Il était l'amant en titre de la belle et célèbre Sainte-Amaranthe. Il avait l'art de faire vivre ensemble et en paix, autour de lui, plusieurs jeunes femmes que sa beauté avait fascinées. Il leur faisait porter ses couleurs, le jaune et le violet, et l'ultra-jacobin Vincent dénonçait dans son journal l'impudence de ce jeune patriote débauché. Lui-même avoue tout cela dans des lettres galantes publiées par La Morency, et dont l'authenticité n'est pas discutable.

Quand même son style ne décèlerait pas Hérault à chaque ligne, quel intérêt La Morency aurait-elle eu, en 1799, à forger les documents dont elle émaille son roman autobiographique d'ILLYRINE (Illyrine, ou l'Écueil de l'inexpérience, an VII, 3 vol. in-8.) ? Certes, ni les moeurs ni le style de cette joyeuse femme ne sont recommandables. C'est elle qui a écrit, avec son français et son coeur : « On n'est heureux qu'en en faisant : c'est ma morale. » [IV] Mais il y a dans ses confidences un air de vérité qu'accentue encore l'inconscience de l'auteur. Oui, la maîtresse du conventionnel Quinette était trop niaise pour imaginer les détails si vraisemblables, si vivants, de sa liaison avec Hérault, elle qui ne pourra soutenir que par un gros plagiat la réputation d'ILLYRINE.
C'est un piquant tableau des moeurs du temps que le récit de la visite qu'elle lui fit à la Convention, le jour où il fut nommé président pour

la seconde fois (8 août 1793). Elle lui remit, peu après, une pétition en faveur du divorce, qu'Hérault lut à l'Assemblée, et, dit-il, fit applaudir. Mais, quelques jours plus tard, le galant président était envoyé en mission. « C'est au Comité de salut public, les chevaux mis aux voitures, que je vous écris, chère et belle : je pars à l'instant pour le Mont-Blanc avec une mission secrète et importante. » Et, après lui avoir parlé de ses maîtresses et de la perfidie de Sainte-Amaranthe, il termine ainsi : « Adieu, Suzanne. Allez quelquefois à l'Assemblée en mémoire de moi. Adieu.

Les chevaux enragent, et l'on me croit nationalement occupé, tandis que je ne le suis qu'amoureusement de ma très chère Suzanne. » Quand Hérault revint, on fut toute à lui, et il acheta à sa maîtresse un bureau de loterie, dont le cautionnement de 30,000 francs fut prêté, affirme-t-elle, par l'abbé d'Espagnac. La Morency a ingénument tracé le tableau, tout pompéien, des distractions érotiques de [V] ses camarades d'orgie. Non moins naïvement, elle explique ce dévergondage : « C'est plutôt pour se tuer, dit-elle, qu'il prend du plaisir à l'excès que pour être heureux. » Hérault lui disait, sans doute aux premières semaines de 1794 : « De sinistres présages me menacent, je veux me hâter de vivre ; et, lorsqu'ils m'arracheront de la vie, ils croiront tuer un homme de trente-deux ans : eh bien ! j'en aurai quatre-vingts, car je veux vivre en un jour pour dix années. »
Il faut l'avouer : cet épicurisme, si indécent en de telles circonstances, donna de la couleur et de la force aux accusations robespierristes et compromit le parti de Danton.
Mais faut-il voir dans Hérault, comme dans tel ami d'Hébert, une brute qui se vautre ?
« Elégant écrivain, dit Paganel, il consacroit aux lettres tout le temps qu'il déroboit aux goûts qui dominoient en lui. » A notre avis, ce VOYAGE A MONTBARD, que nous publions aujourd'hui, est un morceau de tout point exquis, où Buffon revit tout entier, homme et auteur. Hérault ne s'y montre pas, comme l'a dit Sainte-Beuve, « Un espion léger, infidèle et moqueur (Causeries du Lundi, IV, 354.) », mais un observateur et un peintre.

Par la vérité fine de ses aperçus, il devance Stendhal, dont il a la sécheresse et la précision. [VI] Écrivain laborieux, il poursuit sans cesse la brièveté et la simplicité, et il atteint à la force de Chamfort, avec plus d'étendue dans l'intelligence et un souci des aperçus généraux qu'il doit peut-être à la fréquentation de Buffon.

En 1788, il publia (ou plutôt fit imprimer) LE CODICILLE POLITIQUE ET PRATIQUE D'UN JEUNE HABITANT D'ÉPONE. Remanié en prison, cet ouvrage ne fut répandu dans le public qu'en 1802, sous le titre de THÉORIE DE L'AMBITION. Ces réflexions morales, inspirées par une philosophie un peu trop positive et sèche, offrent un pessimisme que tempère l'ironie. M. Claretie a déjà signalé avec goût les plus remarquables de ces maximes, ainsi qu'un chapitre sur la conversation, où Hérault caractérise les plus ingénieux causeurs de la fin du XVIIIe siècle et l'orateur idéal dans celui qui résumerait les différentes sortes d'esprit de Thomas, de Delille, de Garat, de Cerutti, de d'Alembert, de Buffon, de Gerbier et de quelques autres, avocats ou acteurs. C'est là l'école où il se forma et apprit à plaire.

Cet esprit très moderne, tourné vers l'avenir, à la Diderot, ne traîne pas après lui les chaînes scolaires ; il n'a pas la superstition du latin, l'adoration de la légende gréco-latine. Mais il sait jouir du passé, et goûter la vraie érudition, par exemple dans l'abbé Auger, le traducteur de Démosthène, dont il prononça une élégante oraison funèbre à la loge des [VII] Neuf-Soeurs, en 1792.

A une époque où l'Université n'enseignait plus le grec, et peut-être pour cela même, Hérault dit des choses vraies sur Démosthène, qu'il juge en politique autant qu'en artiste : « La Révolution, dit-il, en développant nos idées politiques, nous a donné, pour apprécier les ouvrages de quelques anciens et pour jouir de tout leur génie, une mesure qui nous manquoit. » Il admire dans l'orateur grec « cette âme orgueilleuse et sensible, qui porte en elle toute la dignité et toutes les douleurs de l'apathie ; ce mouvement général, sans lequel il n'est point d'éloquence populaire, où les rapports accessoires, serrés fortement, roulent de haut dans des périodes qui compensent l'étendue des idées par la précision du style ». Mais ici c'est à lui-

même qu'il pense, et c'est son propre talent qu'il désigne lorsqu'il dit :
« Jamais, surtout, il ne cessa d'égaler par ses efforts cette beauté,
cette perfection continue du langage, ce mécanisme heureux, si
familier à l'orateur qu'il ne pouvoit pas même cesser d'être élégant
dans les apostrophes les plus impétueuses, dans les sorties les plus
véhémentes : mérite plus rare qu'on ne pense, parce qu'il tient à un
genre d'esprit particulier, et principalement à l'adresse, qui est le don
de multiplier la force en la distribuant. » On reconnait là les idées de
Buffon sur le style oratoire.
Lui-même s'était fait, pour son propre usage, une sorte de rhétorique
qu'on retrouva dans ses papiers.

[VIII] Ce sont des préceptes pratiques, des recettes distribuées sans
ordre, mais qui portent la marque de l'expérience et dont l'intérêt est
d'autant plus grand qu'Hérault est le seul orateur de la Révolution
auquel on doive une technique de son art. On me permettra d'en
parler avec quelque détail, afin de faire connaître tout l'artiste qu'était
l'auteur du VOYAGE A MONTBARD.

- II -

C'est une question qui passionna d'abord ceux qui inaugurèrent en France la tribune politique : Faut-il lire les discours ou les dire ? Les deux méthodes avaient des adeptes. Quelques-uns les employaient tour à tour selon les circonstances. Quant à l'improvisation, ceux mêmes qui s'y abandonnaient semblaient s'en excuser comme d'une négligence ; aussi Hérault, qui d'ailleurs n'improvisa guère, ne pose-t-il que l'alternative : lire ou dire. « Ce n'est qu'en parlant, remarque-t-il, et non en lisant, que l'on peut rendre vraiment sensible ce qu'on dit. Quelques gens habiles pensent cependant qu'il faut lire, et c'est l'usage des avocats du parlement de Bordeaux : autrement on patauge, les idées se relâchent, s'affoiblissent, et s'éteignent bientôt. C'est ce qui arrive à M. de Saint-Fargeau : de là le mot favori de la plupart des avocats qui aiment tant à « causer d'affaires ». Pour [IX] concilier la nécessité d'un style plein et serré avec l'autre, je pense qu'il faut apprendre par coeur. Il est vrai qu'il en coûte, mais la gloire est au bout, et c'est la manière de surpasser ceux qui parlent et ceux qui écrivent. »

La mémoire est donc la première partie de l'art oratoire.

Mais comment faut-il apprendre un discours ?

«J'en médite, dit Hérault, l'idée principale, les idées accessoires, leur nombre, leur ordre, leur liaison, le plan de chaque partie, les divisions, les sous-divisions de chaque objet. J'ose affirmer qu'il est impossible alors de se tromper.

Si l'on oublioit le discours, on seroit en état de le refaire sur-le-champ ; et combien d'ailleurs les phrases cadencées, un peu ornées, un peu brillantes, en un mot tout ce qui frappe l'amour-propre de celui qui doit parler, ne se gravent-elles pas dans la mémoire avec une extrême facilité ?

« Un procédé très utile et très commode auquel il faut s'accoutumer pour rendre son esprit prompt et se rappeler à la fois une multitude d'idées, c'est, quand vous possédez ces idées, de ne retenir de chacune que le mot qui porte, et dont le seul souvenir reproduit la phrase tout entière.

« Voltaire a dit quelque part : « Les mots sont les « courriers des pensées. » En appliquant ici cet adage dans un autre sens, je dirai qu'il faut habituer son [X] cerveau à n'avoir besoin que des mots têtes dans toute l'étendue de la plus longue discussion.

« Apprendre par coeur, ce mot me plaît. Il n'y a guère, en effet, que le coeur qui retienne bien et qui retienne vite. La moindre chose qui vous frappe dans un endroit vous le fait retenir. L'art seroit donc de se frapper le plus qu'il seroit possible.

« Écrire. La mémoire se rappelle mieux ce qu'elle a vu par écrit. S'en faire comme un tableau dans lequel on lise en quelque sorte au moment où l'on parle.

« La mémoire s'aide aussi par des chiffres : ainsi comptez le nombre de choses que vous avez à apprendre dans un discours par exemple.

« J'ai éprouvé aussi qu'il m'étoit très utile de parler pour un discours à retenir. J'ai essayé souvent de parler en public pendant une heure, et quelquefois deux, sans aucune espèce de préparation. Je sortois de cet exercice avec une aptitude singulière, et il me sembloit dans ces momens que, si j'avois eu à dire un discours, que je n'aurois même fait que lire, je m'en serois tiré avec un grand avantage. »

Après la mémoire, l'action lui semblait la partie la plus importante de l'éloquence. A ses débuts d'avocat, il avait été prendre des leçons de Mlle Clairon. « Avez-vous de la voix ? » me dit-elle la première fois que je la vis. Un peu surpris de la question, et, d'ailleurs, ne sachant trop que dire, je répondis : « J'en ai comme tout le monde, Mademoiselle. - Eh bien ! [XI] il faut vous en faire une. » Voici quelques-uns des préceptes de l'actrice, qu'Hérault tâcha de suivre : « Il y a une éloquence des sons : s'étudier surtout à donner de la rondeur à sa voix ; pour qu'il y ait de la rondeur dans les sons, il faut qu'on les sente réfléchir contre le palais. Surtout, allez doucement, simple, simple !... » Elle lui disait : « Que voulez-vous être ? orateur ? Soyez-le partout, dans votre chambre, dans la rue. » Elle donnait aussi ce conseil, mais celui-ci purement scénique et mauvais pour un orateur : « Teindre les mots des sentimens qu'ils font naître. » Hérault dit qu'il songeait sans cesse à la voix de Mlle Clairon, et il caractérise sa manière à lui en rappelant celle de son professeur :

« Elle prend sa voix dans le milieu, tantôt doucement, tantôt avec force, et toujours de manière à la diriger à son gré ; surtout elle la modère souvent, ce qui fait beaucoup briller le moindre éclat qu'elle vient à lui donner. Elle va très lentement, ce qui contribue en même temps à fournir à l'esprit les idées, la grâce, la pureté et la noblesse du style. Je prétends qu'il y a, dans le discours comme dans la musique, une sorte de mesure des tons qui aide à l'esprit, du moins au mien. J'ai éprouvé que d'aller vite offusque et empêche l'exercice de mes idées... Ne croyez pas que ce soit là une véritable lenteur. On la déguise, tantôt par la force, tantôt par la chaleur qu'on donne à [XII] certains mots, à certaines phrases. Il en résulte une variété qui plaît, mais le fond est toujours grave et posé. »
Le souci de bien dire était tel chez lui que longtemps il s'astreignit à déclamer dans la matinée les fureurs d'Oreste, et tout le rôle de Mahomet, jusqu'à s'érailler la voix. Le soir il se sentait une diction forte, facile et variée. Il ne négligeait aucun moyen de s'entraîner. « Le Kain, dit-il, avoit coutume, une heure avant de jouer, de se promener seul sur le théâtre, de l'arpenter, de se remplir des fantômes de la tragédie. Nous devrions transporter cette méthode dans nos études. »
Il avait étudié avec un soin minutieux le geste proprement dit. La Clairon lui disait : « Votre genre est la noblesse et la dignité au suprême degré.

Très peu de gestes, mais les placer à propos, et observer les oppositions qui font ressortir les changemens des gestes. » Lui-même disait : « Le geste multiplié est petit, est maigre. Le geste large et simple est celui d'un sentiment vrai. C'est sur ce geste que vous pourrez faire passer un grand mouvement. »

Ces notes contiennent des remarques encore plus pratiques sur l'action :

« Il importe d'être ferme sur les pieds, qui sont la base du corps, et de laquelle part toute l'assurance du geste. On ne peut trop s'exercer dans sa chambre à marcher ferme et bien sous soi, les jambes sur les [XIII] pieds, les cuisses sur les jambes, le corps sur les cuisses, les reins droits, les épaules basses, le col droit, la tête bien placée. J'ai remarqué qu'en général les gestes devenoient plus faciles lorsque le corps étoit incliné. Quand il est droit, si les bras sont longs, on risque de manquer de grâce. Le geste à mi-corps est infiniment noble et plein de grâce. N'agitez pas les poignets, même dans les plus grands mouvemens. Avant d'exprimer un sentiment, faites-en le geste. »

Enfin, voici un conseil qui donne le secret de la grâce dédaigneuse dont il se parait à la tribune :

« Il faut toujours avoir l'air de créer ce qu'on dit. Il faut commander en paroles. L'idée qu'on parle à des inférieurs en puissance, en crédit, et surtout en esprit, donne de la liberté, de l'assurance, de la grâce même.

J'ai vu une fois d'Alembert à une conversation chez lui, ou plutôt dans une espèce de taudis, car sa chambre ne méritoit pas d'autre nom. Il étoit entouré de cordons bleus, de ministres, d'ambassadeurs, etc. Quel mépris il avoit pour tout ce monde-là ! Je fus frappé du sentiment que la supériorité de l'esprit produit dans l'âme. »

Cette rhétorique d'Hérault, si ingénieuse, explique l'agrément de son éloquence ; elle en explique aussi la faiblesse. Cet orateur, si préoccupé de s'entraîner, de se monter la tête, de se lever à la hauteur du sujet, n'a pas en lui les sources d'inspiration oratoire, [XIV] toujours prêtes et jaillissantes, où puisent un Danton, un Vergniaud, même de moindres harangueurs. Je ne crois pas que la conviction lui manque, ni qu'il faille croire au mot que lui prête Bellart : « Quand on lui demandoit de quel parti il étoit, il répondoit qu'il étoit de celui qui se f... des deux autres. » Non, il y avait en lui de la sincérité, des préférences philosophiques et politiques. Mais il n'avait pas cette foi révolutionnaire, qui transfigura jusqu'à de pauvres hères, à de certaines heures de crise. Dans son TRAITÉ SUR L'AMBITION, il distingue des cerveaux mâles et des cerveaux femelles : je crois qu'il faut le ranger, quoi qu'on en ait dit, dans la seconde de ces deux catégories.

- III -

C'est en 1785, comme il venait d'être nommé avocat général au Parlement de Paris, qu'Hérault de Séchelles alla voir Buffon à Montbard, et son récit piquant et irrévérencieux fut publié la même année sans nom d'auteur, sous le titre de VISITE A BUFFON. (Septembre 1785, Paris, 1785, in-8° de 53 pages.) Il est peu vraisemblable qu'il ait lui-même fait imprimer du vivant de Buffon des pages si blessantes pour l'amour-propre infiniment susceptible du grand homme qu'il venait de visiter. Je supposerais volontiers [XV] qu'un indiscret publia, sans y être autorisé, une des copies qu'Hérault de Séchelles dut, à la mode du temps, faire circuler parmi ses amis. Quel effet cet impitoyable persiflage produisit-il sur Buffon et sa famille ? Nous voyons seulement que le fils de Buffon écrivit, le 30 octobre 1785, à Mme Necker : « M. Hérault de Séchelles, qui vient d'être nommé avocat général, lui ayant demandé la permission de venir passer quelque temps à Montbard, papa avoit répondu qu'il le verroit avec plaisir ; mais c'étoit avant de tomber malade. M. Hérault est arrivé ce matin ; papa le voit de temps en temps, lorsque son état le lui permet, et je tâche de le suppléer et de tenir compagnie de mon mieux à ce jeune magistrat, qui prévient beaucoup en sa faveur et qui est fort aimable et très instruit. (Correspondance de Buffon, dans ses OEuvres complètes, édit. de Lanessan, t. XIV, p. 303.) » Mais il n'est pas question, dans la correspondance de Buffon, de l'opuscule satirique d'Hérault de Séchelles, dont en tout cas la famille du grand écrivain ne garda pas rancune :

nous voyons, en effet, qu'en 1793 l'auteur de la VISITE A BUFFON fut un des témoins du fils de Buffon lorsque celui-ci épousa en secondes noces Betzy Daubenton. (Nous empruntons ce renseignement à un article de M. Maurice Tourneux dans la Revue critique d'histoire et de littérature, t. XIV, p. 354.)

[XVI] La VISITE A BUFFON fut réimprimée en 1801 par A.-L. Millin, sous ce titre :

VOYAGE A MONTBARD, contenant des détails très intéressants sur le caractère, la personne et les écrits de Buffon, par feu Hérault de Séchelles : Paris, Solvet, an IX, in-8° de 136 pages.

Millin joignit au VOYAGE A MONTBARD d'autres opuscules d'Hérault, les RÉFLEXIONS SUR LA DÉCLAMATION, l'ÉLOGE D'ATHANASE AUGER, et des PENSÉES ET ANECDOTES qui avaient paru déjà en 1795 dans le MAGASIN ENCYCLOPÉDIQUE, t. II, p. 118. Mais ce qui fait surtout l'importance de son édition, c'est qu'il donna une dernière partie inédite du VOYAGE. Elle forme les pages 44 à 48 de la présente édition, où nous avons suivi le texte de Millin, que cet éditeur donna évidemment d'après les papiers d'Hérault de Séchelles.

Enfin le VOYAGE A MONTBARD fut imprimé une troisième fois sous ce titre :

VOYAGE A MONTBARD ET AU CHATEAU DE BUFFON, fait en 1785, contenant des détails très intéressants sur le caractère, la personne et les écrits de M. de Buffon, par feu Hérault de Séchelles, nouvelle édition augmentée de quelques opuscules inédits, par J.-B. Noëllat :

Paris, Audin, 1829, in-18 de 79 pages. (L'auteur de cette édition est Gabriel Peignot.)

Nous avons parlé plus haut d'un écrit d'Hérault de Séchelles sur l'ambition C'est Salgues qui le publia en 1802, et il est intitulé : THÉORIE DE L'AMBITION, par feu Hérault de Séchelles, avec des notes par J.-B. S*** : Paris, Bouquet, an X-1802, in-8° de 102 pages.

F.-A. AULARD

VOYAGE A MONTBARD

J'avois une extrême envie de connoître M. de Buffon. Instruit de ce désir, il voulut bien m'écrire une lettre très honnête, où il alloit de lui-même au-devant de mon impatience, et m'invitoit à passer dans son château le plus de temps qu'il me seroit possible.

Il est à propos, comme on le verra dans un moment, que je fasse ici mention de la lettre que je lui répondis. Elle finissoit par ces mots :

Mais, quelle que soit mon avidité, Monsieur le comte, de vous voir et de vous entendre, je respecterai vos occupations, c'est-à-dire une grande partie de votre journée. Je sais que, tout couvert de gloire, vous travaillez encore ; que le génie de la nature monte avec le lever du soleil au haut de la tour de Montbard, et n'en descend souvent que le soir. Ce n'est qu'à cet instant que j'ose solliciter l'honneur de vous entretenir et de vous consulter. Je regarderai cette époque comme la plus glorieuse de ma vie, si vous voulez bien m'honorer d'un peu d'amitié, si l'interprète de la nature daigne quelquefois communiquer ses pensées à celui qui devroit être l'interprète de la société.

Je me rendis en effet à Montbard ; mais, à mon passage à Semur, qui n'en est distant que de trois lieues, j'appris que M. de Buffon enduroit des douleurs de pierre excessives, qu'il grincoit des dents et frappoit du pied, lui qui a toujours affecté d'être plus fort que la douleur ; qu'il étoit enfermé dans sa chambre, et ne vouloit voir absolument personne, pas même ses gens ; qu'il ne souffroit auprès de lui aucun de ses parens, ni sa soeur, ni son beau-frère, et qu'il permettoit tout au plus à son fils d'entrer pendant quelques minutes.

Je pris donc le parti de rester quelques jours à Semur, n'osant pas même envoyer savoir des nouvelles du malade, de peur d'être importun en lui annonçant mon arrivée.

Malgré mes précautions, je ne restai que trois jours à Semur. M. de Buffon apprit, par une lettre de Paris, que j'étois parti pour sa terre : il eut aussitôt, au milieu même de ses douleurs, l'attention de m'envoyer un exprès ; de me faire dire que, quoiqu'il ne vît personne, il vouloit me voir, qu'il m'attendoit chez lui, et me recevroit dans l'intervalle de ses souffrances.

Je partis à l'instant.

Quelle palpitation de joie me saisit lorsque j'aperçus de loin la tour de Montbard, les terrasses et les jardins qui l'environnent ! J'observois la position des lieux, la colline sur laquelle cette tour s'élève, les montagnes et les coteaux qui la dominent, les cieux qui la couvrent. Je cherchois le château de tous mes yeux. Je n'en avois pas assez pour voir la demeure de l'homme célèbre auquel j'allois parler. On ne peut découvrir le château que lorsqu'on y est ; mais, au lieu d'un château, vous vous imagineriez entrer dans quelque maison de Paris. Celle de M. de Buffon n'est annoncée par rien ; elle est située dans une rue de Montbard, qui est une petite ville. Au reste, elle a une très belle apparence.

En arrivant, je trouvai M. le comte de Buffon fils, jeune officier aux gardes, qui vint à ma rencontre et me conduisit chez son père.

De quelle vive émotion j'étois pénétré en montant les escaliers, en traversant le salon, orné de tous les oiseaux enluminés, tels qu'on les voit dans la grande édition de l'Histoire naturelle ! Me voici maintenant dans la chambre de Buffon. Il sortit d'une autre pièce, et je ne dois pas omettre une circonstance qui m'a frappé, parce qu'elle marque son caractère : il ouvrit la porte, et, quoiqu'il sût qu'il y avoit un étranger dans son appartement, il se retourna fort tranquillement et fort longtemps pour la fermer ; ensuite il vint à moi. Seroit-ce un esprit d'ordre qui met dans tout la même exactitude ? C'est la tournure de M. de Buffon. Seroit-ce le peu d'empressement d'un homme qui, rassasié d'hommages, les attend plutôt qu'il ne les recherche ? On peut aussi le supposer. Seroit-ce enfin la petite adresse d'un homme célèbre, qui, flatté de l'avidité qu'on témoigne de le connoître, augmente encore avec art cette avidité en reculant, ne fût-ce que d'une minute, cette même minute où il satisfait votre désir, et se prodigue d'autant moins que vous le poursuivez davantage ? Cet artifice ne seroit pas tout à fait invraisemblable dans M. de Buffon. Il vint à moi majestueusement, en ouvrant ses deux bras. Je lui balbutiai quelques mots, avec l'attention de dire Monsieur le comte : car c'est à quoi il ne faut pas manquer. On m'avoit prévenu qu'il ne haïssoit pas cette manière de lui adresser la parole.

Il me répondit en m'embrassant :

« Je dois vous regarder comme une ancienne connoissance, car vous avez marqué du désir de me voir et j'en avois aussi de vous connoître. Il y a déjà du temps que nous nous cherchons. »

Je vis une belle figure, noble et calme. Malgré son âge de soixante-dix-huit ans, on ne lui en donneroit que soixante ; et ce qu'il y a de plus singulier, c'est que, venant de passer seize nuits sans fermer l'oeil et dans des souffrances inouïes qui duroient encore, il étoit frais comme un enfant et tranquille comme en santé. On m'assura que tel étoit son caractère ; toute sa vie, il s'est efforcé de paroître supérieur à ses propres affections. Jamais d'humeur, jamais d'impatience. Son buste, par Houdon, est celui qui me paroît le plus ressemblant ; mais le sculpteur n'a pu rendre sur la pierre ces sourcils noirs qui ombragent des yeux noirs, très actifs sous de beaux cheveux blancs. Il étoit frisé lorsque je le vis, quoiqu'il fût malade ; c'est là une de ses manies, et il en convient. Il se fait mettre tous les jours des papillotes, qu'on lui passe au fer plutôt deux fois qu'une ; du moins, autrefois, après s'être fait friser le matin, il lui arrivoit très souvent de se faire encore friser pour souper. On le coiffe à cinq petites boucles flottantes ; ses cheveux, attachés par derrière, pendoient au milieu de son dos. Il avoit une robe de chambre jaune, parsemée de raies blanches et de fleurs bleues. Il me fit asseoir, me parla de son état, me fit des complimens sur le peu d'indulgence dont il prétendit que le public me favorisoit, sur l'éloquence, sur les discours oratoires.

Pour moi, je l'entretenois de sa gloire, et ne me lassois point d'observer ses traits. La conversation étant tombée sur le bonheur de connoître jeune l'état auquel on se destine, il me récita sur-le-champ deux pages qu'il avoit composées sur ce sujet dans un de ses ouvrages. Sa manière de réciter est infiniment simple et commune, le ton d'un bonhomme, nul apprêt, levant tantôt une main, tantôt une autre, disant comme les choses lui viennent, mêlant seulement quelques réflexions. Sa voix est assez forte pour son âge : elle est d'une extrême familiarité ; et, en général, quand il parle, ses yeux ne fixent rien ; ils errent au hasard, soit parce qu'il a la vue basse, soit plutôt parce que c'est sa manière. Ses mots favoris sont : tout ça, et pardieu, qui reviennent continuellement. Sa conversation paroît n'avoir rien de saillant, mais, quand on y fait attention, on remarque qu'il parle bien, qu'il y a même des choses très bien exprimées, et que de temps en temps il y sème des vues intéressantes.

Un des premiers traits de son caractère, c'est sa vanité : elle est complète, mais franche, et de bonne foi. Un voyageur (M. Target) disoit de lui : « Voilà un homme qui a beaucoup de vanité au service de son orgueil. »

On sera curieux d'en connoître quelques traits. Je lui disois qu'en venant le voir, j'avois beaucoup lu ses ouvrages. « Que lisiez-vous ? » me dit-il. Je répondis : « Les Vues sur la nature.

- Il y a là, répliqua-t-il à l'instant, des morceaux de la plus haute éloquence ! » Ensuite il parla nouvelles et politique, contre son ordinaire, ce qui lui donna occasion de me faire lire une lettre de M. le comte de Maillebois sur les événemens de la Hollande. Il en vint, un moment après, à la mort du pauvre M. Thomas, pour me faire lire une lettre que son fils avoit reçue de Mme Necker, lettre étrange, où Mme Necker paroît déjà consolée de la perte de son ami intime, malgré l'emphase et l'enthousiasme qu'elle met à la décrire, en s'appuyant sur M. de Buffon, qu'elle célèbre avec plus d'emphase encore. Il y a une phrase qu'il me fit remarquer avec complaisance. Mme Necker, mettant un moment en parallèle ses deux amis, dit en parlant de M. Thomas : l'homme de ce siècle ; et, en parlant de M. de Buffon : l'homme de tous les siècles.

Le comte de Buffon fils venoit d'élever un monument à son père dans les jardins de Montbard. Auprès de la tour, qui est d'une grande

élévation, il avoit fait placer une colonne avec cette inscription :
Excelsæ turri, humilis columna.
Parenti suo, filius Buffon, 1785.
(A la haute tour, l'humble colonne.
A son père, Buffon fils, 1785.)
On m'a dit que le père avoit été attendri jusqu'aux larmes de cet
hommage. Il disoit à son fils : « Mon fils, cela te fera honneur. »
Il termina notre première entrevue, parce que ses douleurs de pierre
lui reprirent.

Il m'ajouta que son fils alloit me mener partout, et me feroit voir les
jardins et la colonne. Le jeune comte de Buffon me conduisit d'abord
dans toute la maison, qui est très bien tenue, fort bien meublée : on y
compte douze appartemens complets ; mais elle est bâtie sans
régularité, et, quoique ce défaut dût la rendre plutôt commode que
belle, elle a encore de la beauté. De la maison nous parcourûmes les
jardins, qui s'élèvent au-dessus. Ils sont composés de treize terrasses,
aussi irrégulières dans leur genre que la maison, mais d'où l'on
découvre une vue immense, de magnifiques aspects, des prairies
coupées par des rivières, des vignobles, des coteaux brillans de
culture, et toute la ville de Montbard ; ces jardins sont mêlés de
plantations, de quinconces, de pins, de platanes, de sycomores, de
charmilles, et toujours des fleurs parmi les arbres. Je vis de grandes
volières où Buffon élevoit des oiseaux étrangers qu'il vouloit étudier
et décrire. Je vis aussi la place d'une fosse qu'il avoit comblée, et où
il avoit nourri des lions et des ours. Je vis enfin ce que j'avois tant
désiré de connoître, le cabinet où travaille ce grand homme : il est
dans un pavillon que l'on nomme la tour Saint Louis. On monte un
escalier : on entre par une porte verte à deux battans ; mais on est fort
étonné de voir la simplicité du laboratoire. Sous une voûte assez
haute, à peu près semblable aux voûtes des églises et des anciennes
chapelles, dont les murailles sont peintes en vert, il a fait porter un
mauvais secrétaire de bois au milieu de la salle, qui est carrelée, et
devant le secrétaire est un fauteuil : voilà tout.

Pas un livre, pas un papier ; mais ne trouvez-vous pas que cette nudité a quelque chose de frappant ? On la revêt des belles pages de Buffon, de la magnificence de son style et de l'admiration qu'il inspire. Cependant ce n'est pas là le cabinet où il a le plus travaillé : il n'y va guère que dans la grande chaleur de l'été, parce que l'endroit est extrêmement froid. Il est un autre sanctuaire où il a composé presque tous ses ouvrages, le berceau de l'histoire naturelle, comme disoit le prince Henri, qui voulut l'aller voir, et où J.-J. Rousseau se mit à genoux et baisa le seuil de la porte. J'en parlois à M. de Buffon. « Oui, me dit-il, Rousseau y fit un hommage. » Ce cabinet a, comme le premier, une porte ouverte à deux battans. Il y a intérieurement un paravent de chaque côté de la porte. Le cabinet est carrelé, boisé et tapissé des images des oiseaux et de quelques quadrupèdes de l'Histoire naturelle. On y trouve un canapé, quelques chaises antiques couvertes de cuir noir, une table sur laquelle sont des manuscrits, une petite table noire : voilà tous les meubles. Le secrétaire où il travaille est dans le fond de l'appartement, auprès de la cheminée. C'est une pièce grossière de bois de noyer. Il étoit ouvert ; on ne voyoit que le manuscrit dont Buffon s'occupoit alors : c'étoit un Traité de l'aimant. A côté étoit sa plume ; au-dessus du secrétaire étoit un bonnet de soie grise dont il se couvre.

En face, le fauteuil où il s'assied, antique et mauvais fauteuil sur lequel est jetée une robe de chambre rouge à raies blanches. Devant lui, sur la muraille, la gravure de Newton. Là Buffon a passé la plus grande et la plus belle portion de sa vie. Là ont été enfantés presque tous ses ouvrages. En effet, il a beaucoup habité Montbard, et il y restoit huit mois de l'année : c'est ainsi qu'il a vécu pendant plus de quarante ans. Il alloit passer quatre mois à Paris, pour expédier ses affaires et celles du Jardin du Roi, et venoit se jeter dans l'étude. Il m'a dit lui-même que c'étoit son plus grand plaisir, son goût dominant, joint à une passion extrême pour la gloire.
Son exemple et ses discours m'ont confirmé que qui veut la gloire passionnément finit par l'obtenir, ou du moins en approche de bien près. Mais il faut vouloir, et non pas une fois ; il faut vouloir tous les jours. J'ai ouï dire qu'un homme qui a été maréchal de France et grand général se promenoit tous les matins un quart d'heure dans sa

chambre, et qu'il employoit ce temps à se dire à lui-même : « Je veux être maréchal de France et grand général. » M. de Buffon me dit à ce sujet un mot bien frappant, un de ces mots capables de produire un homme tout entier : « Le génie n'est qu'une plus grande aptitude à la patience. » Il suffit en effet d'avoir reçu cette qualité de la nature : avec elle on regarde longtemps les objets, et l'on parvient à les pénétrer. Cela revient au mot de Newton. On disoit à ce dernier : .« Comment avez-vous fait tant de découvertes ?

- En cherchant toujours, répondit-il, et cherchant patiemment » Remarquez que le mot patience doit s'appliquer à tout : patience pour chercher son objet, patience pour résister à tout ce qui s'en écarte, patience pour souffrir tout ce qui accableroit un homme ordinaire.
Je tirerai mes exemples de M. de Buffon lui même. Il rentroit quelquefois des soupers de Paris à deux heures après minuit, lorsqu'il étoit jeune ; et, à cinq heures du matin, un savoyard venoit le tirer par les pieds et le mettre sur le carreau, avec ordre de lui faire violence, dût-il se fâcher contre lui. Il m'a dit aussi qu'il travailloit jusqu'à six heures du soir. « J'avois alors, me dit-il, une petite maîtresse que j'adorois : eh bien ! je m'efforçois d'attendre que six heures fussent sonnées pour l'aller voir, souvent même au risque de ne plus la trouver. » A Montbard, après son travail, il faisoit venir une petite fille, car il les a toujours aimées ; mais il se relevoit exactement à cinq heures. Il ne voyoit que des petites filles, ne voulant pas avoir de femmes qui lui dépensassent son temps. (M. de Buffon a toujours été fortement occupé de lui même, et préférablement à tout le reste. Comme je savois que beaucoup de femmes avoient reçu son hommage, je demandois si elles ne lui avoient pas fait perdre de temps. Quelqu'un qui le connoissoit parfaitement me répondit : « M. de Buffon a vu constamment trois choses avant toutes les autres : sa gloire, sa fortune et ses aises. Il a presque toujours réduit l'amour au physique seul.

Voyez un de ses discours sur la nature des animaux, où, après un portrait pompeux de l'amour, il l'anéantit d'un seul trait et le dégrade en prétendant prouver qu'il n'y a que du physique, de la vanité, de l'amour-propre dans la jouissance. C'est là qu'est son invocation à l'amour : « On l'a mise à coté de celle de Lucrèce », me dit-il un jour. Les femmes lui en ont voulu à la mort de cet effort ou de cet abus de raison. Mme de Pompadour lui dit à Versailles : « Vous êtes un joli garçon !... »)

Voici maintenant comme il distribuoit sa journée, et on peut même dire comment il la distribue encore. A cinq heures il se lève, s'habille, se coiffe, dicte ses lettres, règle ses affaires. A six heures il monte à son cabinet, qui est à l'extrémité de ses jardins, ce qui fait presque un demi-quart de lieue, et la distance est d'autant plus pénible qu'il faut toujours ouvrir des grilles et monter de terrasses en terrasses. Là, ou il écrit dans son cabinet, ou il se promène dans les allées qui l'environnent. Défense à qui que ce soit de l'approcher : il renverroit celui de ses gens qui viendroit le troubler. Sa manière est de relire souvent ce qu'il a fait, de le laisser dormir pendant quelques jours ou pendant quelque temps. « Il importe, me disoit il, de ne pas se presser : on revoit alors les objets avec des yeux plus frais, et l'on y ajoute ou l'on y change toujours. » Il écrit d'abord ; quand son manuscrit est trop chargé de ratures, il le donne à copier à son secrétaire jusqu'à ce qu'il en soit content.

C'est ainsi qu'il a avoué au théologal de Semur, homme d'esprit et son ami, qu'il avoit écrit dix-huit fois ses Epoques de la Nature, ouvrage qu'il méditoit depuis cinquante ans. Je ne dois pas oublier de dire que M. de Buffon, qui a beaucoup d'ordre, a placé ainsi son cabinet loin de sa maison, non seulement pour n'être pas distrait (A l'égard de ces complaisans, de ces courtisans, de ces adorateurs, j'ai une réflexion à faire, que je n'ai trouvée nulle part : outre qu'il est bien difficile à un grand homme de vivre sans cette espèce de cercle qui s'attache à lui naturellement, soit par la curiosité, soit par l'admiration, par l'envie de l'imiter, comme font les jeunes gens, soit par la vanité et l'idée que l'on est quelque chose, lorsque l'on tient du moins à un grand homme, ne pouvant l'être soi même, pour moi je ne suis pas révolté de voir un tel homme aimer à être entouré. Je ne dirai pas seulement : c'est une consolation de ses efforts, un adoucissement à ses fatigues, une ressource qui lui rappelle sans cesse sa gloire au milieu même de ses maux et de ses souffrances, je dirai plus : c'est un encouragement même pour ses études, et il seroit possible qu'il en reçût une nouvelle facilité Ces admirateurs vous rappellent sans cesse la présence de votre génie et de votre grandeur. D'ailleurs, il est de fait que l'on a plus de supériorité avec ses inférieurs eux-mêmes. On a remarqué que la conversation devenoit plus riche, plus libre, plus abondante ; il y a plus d'aisance dans les manières, et la liberté y fait beaucoup.

Ainsi, loin de trouver une petitesse dans le cortège qui peut environner un homme célèbre, j'y découvre souvent une excuse et un moyen d'être fidèle à sa renommée.), mais parce qu'il aime à séparer ses travaux de ses affaires. « Je brûle tout, me disoit-il ; on ne trouvera pas un papier quand je mourrai. J'ai pris ce parti-là en considérant qu'autrement je ne m'en tirerois jamais. On s'enseveliroit sous ses papiers. » Il ne conserve que les vers à sa louange, dont j'aurai occasion de parler dans un moment. Aussi, dans sa chambre à coucher, on ne trouve que son lit, qui est, comme la tapisserie, de satin blanc, avec un dessin de fleurs. Auprès de la cheminée est un secrétaire, où l'on ne voit, auprès du tiroir d'en haut, qu'un livre, qui est apparemment son livre de pensées. Auprès de son secrétaire, qui est toujours ouvert, est le fauteuil sur lequel il est toujours assis, et dans un coin de la chambre est une petite table noire pour son copiste.
Il ne prend la plume que lorsqu'il a longtemps médité son sujet, et, encore une fois, n'a guère d'autre papier que celui sur lequel il écrit. Cet ordre de papiers est plus nécessaire qu'on ne croit. M. Necker le recommande avec soin dans son livre ; l'abbé Terray le pratiquoit de même. L'ordre que l'on contemple autour de soi se répand en effet sur nos productions. Si un écrivain aussi célèbre, et surtout si deux contrôleurs généraux aussi laborieux ont donné pareil exemple, il seroit bien difficile qu'il restât des prétextes pour ne point l'imiter.

Je reprends la journée de M. de Buffon. A neuf heures, on lui apporte à déjeuner dans son cabinet, où quelquefois il le prend en s'habillant. Ce déjeuner est composé de deux verres de vin et d'un morceau de pain ; il travaille ensuite jusqu'à une ou deux heures. Il revient alors dans sa maison. Il dîne, il aime à dîner longtemps ; c'est à dîner qu'il met son esprit et son génie de côté ; là il s'abandonne à toutes les gaietés, à toutes les folies qui lui passent par la tête. Son grand plaisir est de dire des polissonneries, d'autant plus plaisantes qu'il reste toujours dans le calme de son caractère ; que son rire, sa vieillesse, forment un contraste piquant avec le sérieux et la gravité qui lui sont naturels, et ces plaisanteries sont souvent si fortes que les femmes sont obligées de déserter. En général, la conversation de Buffon est très négligée. (Sa manière est ordinairement peu de suite : il aime mieux les conversations coupées. Il est une raison de cette manière de converser que l'on peut alléguer en faveur des gens de lettres : premièrement, ils n'ont plus, comme autrefois, cette habitude qu'avoient les philosophes de converser sous les platanes, avec leurs disciples, et de rendre compte de leurs idées. En second lieu, leurs idées sont bien plus combinées et plus réfléchies que celles des philosophes anciens. On a besoin d'idées neuves ; le lecteur et les auditeurs les demandent ; l'homme de génie, inexorable pour lui-même, ne se permet donc qu'un petit nombre de phrases, qu'il place de temps à autre dans sa conversation, à moins qu'il ne soit frappé, entraîné par l'attrait de quelque vue soudaine qui le domine et dont il ne puisse éluder l'ascendant.).

On le lui a dit, et il a répondu que c'étoit le moment de son repos, et qu'il importoit peu que ses paroles fussent soignées ou non. Ce n'est pas qu'il ne dise d'excellentes choses quand on le met sur l'article du style ou de l'histoire naturelle ; il est encore très intéressant lorsqu'il parle de lui : il en parle souvent avec de grands éloges. pour moi, qui ai été témoin de ses discours, je vous assure que, loin d'en être choqué, j'y trouve du plaisir. Ce n'est point orgueil, ce n'est point vanité : c'est sa conscience que l'on entend ; il se sent, et se rend justice. Consentons donc quelquefois d'avoir de grands hommes à ce prix. Tout homme qui n'auroit pas le sentiment de ses forces ne seroit pas fort. N'exigeons pas des êtres supérieurs une modestie qui ne pourroit être que fausse. Il y a peut-être plus d'esprit et d'adresse à cacher, à voiler son mérite ; il y a plus de bonhomie et d'intérêt à le montrer. (* On doit convenir d'ailleurs que son amour-propre n'a jamais offensé personne. ‹ En voici un nouveau trait, mais il honore son caractère : c'est ce qui fait que nous ne craignons point de l'ajouter à ceux épars déjà peut-être en trop grand nombre dans cet ouvrage.

Buffon avoit pour principe qu'en général les enfants tenoient de leur mère leurs qualités intellectuelles et morales ; et, lorsqu'il l'avoit développé dans la conversation, il en faisoit sur-le-champ l'application à lui-même, en faisant un éloge pompeux de sa mère, qui avoit en effet beaucoup d'esprit, des connaissances étendues, une tête très bien organisée, et dont il aimoit à parler souvent. *)

Au reste, il ne se loue pas, il se juge : il se juge comme le jugera la postérité, avec cette différence, qu'un auteur a plus que qui que ce soit, le secret de ses productions. Il me disoit : « J'apprends tous les jours à écrire : il y a dans mes derniers ouvrages, infiniment plus de perfection que dans les premiers. Souvent je me fais relire mes ouvrages, et je trouve alors des idées que je changerai, ou auxquelles j'ajouterai. Il est d'autres morceaux que je ne ferais pas mieux. »
Cette bonne foi a quelque chose de précieux, d'original, d'antique et de séduisant. On peut d'ailleurs s'en rapporter à M. de Buffon, personne n'est plus sévère que lui sur le style, sur la précision des idées, qu'il regarde comme le premier caractère du grand écrivain, sur la justesse et la correspondance exacte des contrastes que les idées demandent entre elles pour se faire valoir, ou des développemens qu'elles exigent pour le manifester. Je lui ai entendu discuter des pages entières, avec une raison, un sens admirable, mais en même temps avec un sens inexorable. « J'ai été obligé, me disoit-il, de prendre tous les tons dans mon ouvrage ; il importe de savoir à quel degré de l'échelle il faut monter. » Par une suite naturelle, il exige dans un auteur de la bonne foi, de la bienséance dans la suite de ses opinions, et surtout qu'il soit conséquent. Il ne pardonne pas à Rousseau ses contradictions ; ainsi l'on peut dire qu'il calcule sa phrase et sa pensée, comme il calcule tout, qualité remarquable qui a pu naître de ses connoissances dans les mathématiques et de l'habitude de les expliquer.

Il m'a dit qu'il les avoit étudiées avec soin et de bonne heure ; d'abord dans les écrits d'Euclide, et ensuite dans ceux du marquis de L'Hôpital (Dès ses plus jeunes années, lors même qu'il étoit écolier, il se passionna pour la géométrie. Cette passion fut telle, qu'il ne pouvoit se séparer des Elémens d'Euclide, dont il portoit toujours un exemplaire avec lui, et qu'en jouant à la paume avec ses camarades, il lui arrivoit souvent d'aller se cacher dans un coin, ou de s'enfoncer dans quelque allée solitaire pour ouvrir son livre, et tâcher de résoudre un problème qui le tourmentait. Un jour, entraîné par son goût extraordinaire pour le mouvement, il monta sur un clocher, en descendit ensuite avec une corde nouée, s'écorcha douloureusement les mains qui glissoient sur cette corde, et ne s'aperçut pas du mal qu'il s'étoit fait, tant il étoit occupé d'une proposition de géométrie qu'il n'avoit pu comprendre et qui se présenta tout à coup à son esprit, au moment où il descendoit.). A vingt ans, il avoit découvert le binôme de Newton, sans savoir qu'il eût été découvert par Newton, et cet homme vain ne l'a imprimé nulle part. J'étais bien aise d'en savoir la raison. « C'est, me répondit-il, que personne n'est obligé de m'en croire. » Il y a donc cette différence entre sa vanité et celle des autres, que la sienne a fait ses preuves, si l'on peut s'exprimer ainsi.

Cette différence vient de la trempe de son âme, âme droite, qui veut partout la bonne foi, et proscrit l'inconséquence.
Il me disoit, en parlant de Rousseau : « Je l'aimois assez ; mais lorsque j'ai vu ses Confessions, j'ai cessé de l'estimer. Son âme m'a révolté, et il m'est arrivé pour Jean-Jacques le contraire de ce qui arrive ordinairement : après sa mort, j'ai commencé à le mésestimer. » Jugement sévère, je dirai même injuste ; car j'avoue que les Confessions de Jean-Jacques n'ont pas produit sur moi cet effet. Mais il se pourroit que M. de Buffon n'eût pas dans son coeur l'élément par lequel on doit juger Rousseau. Je serais tenté de croire que la nature ne lui a pas donné le genre de sensibilité nécessaire pour connaître le charme ou plutôt le piquant de cette vie errante, de cette existence abandonnée au hasard et aux passions. Cette sévérité, ou plutôt ce défaut, qui se trouve peut-être dans l'âme de M. de Buffon en annonce sous un autre rapport la beauté, et même la simplicité. Aussi,

par une suite naturelle, il est facile à tromper, quel que soit l'ordre extrême qu'il mette dans ses affaires, et on vient d'en avoir la preuve. Il y a un an que le directeur de ses forges lui a fait perdre cent vingt mille livres. M. de Buffon, depuis trois ans, avoit consenti à n'en être pas payé, et s'étoit abandonné à tous les prétextes et tous les subterfuges dont la fraude se coloroit. Heureusement cet événement n'a point altéré sa sérénité ni influé en rien sur la dépense et sur l'état qu'il en tient.

Il a dit à son fils : « Je n'en suis fâché que pour vous ; je voulais vous acheter une terre, et il faudra que je diffère encore quelque temps. » Il a toujours une année de son revenu devant lui. On croit qu'il a cinquante mille écus de rentes. Ses forges ont dû beaucoup l'enrichir. Il en sortoit tous les ans huit cents milliers de fer ; mais il y a fait d'un autre côté des dépenses énormes. Cet établissement considérable lui a coûté cent mille écus à créer. Elles languissent aujourd'hui à cause du procès qu'il a avec ce directeur ; mais lorsqu'elles sont en activité, on y compte quatre cents ouvriers.
Il n'est pas étonnant que M. de Buffon, avec une âme aussi simple, croie tout ce qu'on lui dit. Il y a plus, il aime à écouter les rapports et les propos. Ce grand homme est quelquefois un peu commère, du moins une heure par jour, il en faut convenir. Pendant le temps de sa toilette, il se fait raconter par son perruquier et par ses gens tout ce qui se passe dans Montbard, toutes les histoires de sa maison. Quoiqu'il paroisse livré à ses hautes pensées, personne ne sait mieux que lui les petits événements qui l'entourent. Cela tient aussi peut-être au goût qu'il a toujours eu pour les femmes, ou plutôt pour les petites filles. Il aime la chronique scandaleuse ; et se faire instruire de cette chronique dans un petit pays, c'est en apprendre presque toute l'histoire.
Cette habitude de petites filles, ou bien aussi la crainte d'être gouverné, a fait aussi qu'il a mis toute sa confiance dans une paysanne de Montbard, qu'il a érigée en gouvernante, et qui a fini par le gouverner.

Elle se nomme Mlle Blesseau : c'est une fille de quarante ans, bien faite, et qui a dû être assez jolie. Elle est depuis près de vingt ans auprès de M. de Buffon. Elle le soigne avec beaucoup de zèle. Elle participe à l'administration de la maison ; et comme il arrive en pareil cas, elle est détestée des gens. Mme de Buffon, morte depuis beaucoup d'années, n'aimoit pas non plus cette fille : elle adoroit son mari, et l'on prétend qu'elle en étoit d'une jalousie extrême. Mlle Blesseau n'est pas la seule qui commande à ce grand homme.

Il est un autre original qui partage l'empire, c'est un capucin : il se nomme le père Ignace. Je veux m'arrêter un instant sur l'histoire d'Ignace Bougot, né à Dijon. Ce moine possède éminemment l'art précieux dans son ordre de se faire donner ; si bien que celui qui donne semble devoir lui en être bien obligé. « Ne me donne pas qui veut », dit souvent le père Ignace. Avec ce talent, il est parvenu à faire rebâtir la capucinière de Semur. Ce mérite est assez ordinairement celui des gens d'Eglise. J'ai vu un curé, rival d'Ignace dans ce genre de gueuserie : il ensorceloit de vieilles femmes, au point qu'elles se croyoient trop heureuses de lui donner ce qu'elles avaient, et souvent plus qu'elles n'avoient. Les gens d'un caractère semblable ont aussi de l'intelligence. Ils aiment à se mêler, ils ont de l'exactitude pour les affaires et pour les commissions ; l'activité ne leur est pas étrangère ; ils sont aussi attentifs à ne pas déplaire aux laquais, parce qu'ils ont besoin de se faire pardonner les profits qu'ils leur dérobent, qu'à plaire aux maîtres dont ils s'occupent à capter les faveurs : tel est Ignace.

Si vous voulez vous faire une idée de sa personne, vous vous représenterez un gros homme à tête ronde, à peu près semblable à un masque d'Arlequin de la Comédie Italienne, et cette comparaison me paraît d'autant plus juste, qu'il parle précisément comme parloit Carlin : même accent, même patelinage. C'est à ce révérend père, curé de Buffon, village à deux lieues de Montbard, que M. de Buffon abandonne une grande partie de sa confiance, et même sa conscience, s'il suffisoit de s'en rapporter à l'extérieur. En effet, Ignace est le confesseur de M. de Buffon. Il est tout chez lui : il s'intitule capucin de M. de Buffon. Il vous dira quand vous voudrez, qu'un jour M. de Buffon le mena à l'Académie françoise ; qu'il y attira tous les regards ; qu'on le plaça dans un fauteuil des quarante ; que M. de Buffon, après avoir prononcé le discours, le ramena dans sa voiture aux yeux de tout le public, qui n'avoit des yeux que pour lui. M. de Buffon l'a cité comme son ami dans l'article du Serin. Il est aussi son laquais : je l'ai vu le suivre en promenade, tout en clopinant derrière lui, parce qu'il est boiteux, ce qui faisoit un tableau à peindre, tandis que l'auteur de l'Histoire naturelle marchoit fièrement la tête haut, le chapeau en l'air, toujours seul, daignant à peine regarder la terre, absorbé dans ses pensées, semblable à l'homme qu'il a dépeint dans son Histoire de l'homme, sans doute d'après lui-même, tenant une canne dans sa main droite, et appuyant avec majesté l'autre main sur sa hanche gauche.

Je l'ai vu, lorsque les valets étoient absens, ôter la serviette à son maître, et la petite table sur laquelle il venoit de dîner. Buffon lui répondoit : « Je te remercie, mon cher enfant. » Et Ignace, prenant une humble attitude, avec l'air plus domestique que les domestiques eux-mêmes.
Ce même Ignace, capucin-laquais, est encore le laquais confesseur de M. de Buffon. Il m'a conté qu'il y a trente ans, l'auteur des Epoques de la nature, sachant qu'il prêcheroit un carême à Montbard, le fit venir au temps de Pâques, et se fit confesser par lui dans son laboratoire ; dans ce même lieu où il développoit le matérialisme ; dans ce même lieu où Jean-Jacques devoit venir quelques années après baiser respectueusement le seuil de la porte. Ignace me contoit que M. de Buffon, en se soumettant à cette cérémonie, avoit reculé d'un moment, « effet de la faiblesse humaine », ajoutait-il, et qu'il avoit voulu faire confesser son valet de chambre avant lui. Tout ce que je viens de dire vous étonne peut-être. Oui ! Buffon, lorsqu'il est à Montbard, communie à Pâques, tous les ans, dans la chapelle seigneuriale. Tous les dimanches, il va à la grand'messe, pendant laquelle il sort quelquefois pour se promener dans les jardins qui sont auprès, et revient se montrer aux endroits intéressants. Tous les dimanches, il donne la valeur d'un louis aux différentes quêteuses.

C'est dans cette chapelle qu'est enterrée sa femme, femme charmante qu'il a épousée à quarante-cinq ans, par inclination, et dont il a toujours été adoré, malgré les nombreuses infidélités qu'il lui faisoit. Elle étoit reléguée dans un couvent de Montbard, de bonne naissance, mais sans fortune. Il lui fit la cour pendant deux ans ; et au bout de ce temps, il l'épousa malgré son père, qui vivoit encore, et qui, étant ruiné, s'opposoit au mariage de son fils par des vues d'intérêt. Elle se nommoit Mlle de Saint-Belin.

Je tiens de M. de Buffon qu'il a pour principe de respecter la religion ; qu'il en faut une au peuple ; que dans les petites villes on est observé de tout le monde, et qu'il ne faut choquer personne. « Je suis persuadé, me disoit-il, que, dans vos discours, vous avez soin de ne rien avancer qui puisse être remarqué à cet égard. J'ai toujours eu la même attention dans mes livres ; je ne les ai fait paroître que les uns après les autres, afin que les hommes ordinaires ne puissent pas saisir la chaîne de mes idées. J'ai toujours nommé le Créateur ; mais il n'y a qu'à ôter ce mot, et mettre naturellement à la place la puissance de la nature, qui résulte des deux grandes lois, l'attraction et l'impulsion. Quand la Sorbonne m'a fait des chicanes, je n'ai fait aucune difficulté de lui donner toutes les satisfactions qu'elle a pu désirer : ce n'est qu'un persiflage ; mais les hommes sont assez sots pour s'en contenter.

Par la même raison, quand je tomberai dangereusement malade et que je sentirai ma fin s'approcher, je ne balancerai point à envoyer chercher les sacremens. On le doit au culte public. Ceux qui en agissent autrement sont des fous. Il ne faut jamais heurter de front, comme faisoient Voltaire, Diderot, Helvétius. Ce dernier étoit mon ami : il a passé plus de quatre ans à Montbard, en différentes fois ; je lui recommandois cette modération, et, s'il m'avoit cru, il eût été plus heureux. »

On peut juger en effet si cette méthode a réussi à M. de Buffon. Il est clair que ses ouvrages démontrent le matérialisme, et cependant c'est à l'imprimerie royale qu'ils se publient.

« Mes premiers volumes parurent, ajoutoit-il, en même temps que l'Esprit des lois : nous fûmes tourmentés par la Sorbonne, M. de Montesquieu et moi ; de plus, nous nous vîmes en butte au déchaînement de la critique. Le président étoit furieux. « Qu'allez-vous répondre ? me disoit-il.

- Rien du tout, président » ; et il ne pouvoit concevoir mon sang-froid. »

Je lisois un soir, à M. de Buffon, des vers de M. Thomas sur l'immortalité de l'âme. Il rioit : « Pardieu !, la religion nous feroit un beau présent, si tout ça étoit vrai ! » Il critiquoit ces vers sévèrement, mais avec justice, car il est inexorable pour le style, et surtout pour la poésie, qu'il n'aime pas.

Il prétend qu'il est impossible dans notre langue d'écrire quatre vers de suite sans y faire une faute, sans blesser ou la propriété des termes, ou la justesse des idées. Il me recommandoit de ne jamais faire de vers. « J'en aurois fait tout comme un autre, me disoit-il ; mais j'ai bien vite abandonné ce genre, où la raison ne porte que des fers. Elle en a bien assez d'autres, sans lui en imposer encore de nouveaux. »

Ces vers me rappellent un petit mouvement de vanité plaisant, qui les suivit. Le matin du jour dont je parle, M. de Buffon, sous le prétexte de sa santé qui ne lui permettoit pas de se fatiguer à parcourir des papiers, m'avoit prié de lui faire la lecture d'une multitude de vers qu'on lui avoit adressés ; il les conservoit presque tous, quoique presque tous fussent médiocres. Quand on l'appeloit génie créateur, esprit sublime : « Eh ! eh ! disoit-il avec complaisance, il y a de l'idée, il y a quelque chose là. » Le soir, en écoutant les vers de M. Thomas, il me dit, avec une naïveté charmante : « Tout ça ne vaut pas les vers de ce matin. » Je veux joindre ici un autre trait du même genre : « Un jour, me disoit-il, que j'avais travaillé longtemps, et que j'avois découvert un système très ingénieux sur la génération, j'ouvre Aristote, et ne voilà-t-il pas que je trouve toutes mes idées dans ce malheureux Aristote ? Aussi, pardieu ! c'est ce qu'Aristote a fait de mieux. »

Le premier dimanche que je me trouvai à Montbard, l'auteur de l'Histoire naturelle demanda son fils, la veille au soir :

il eut avec lui une longue conférence, et je sus que c'étoit pour obtenir de moi que j'allasse le lendemain à la messe. Lorsque son fils m'en parla, je lui répondis que je m'emmesserois très volontiers, et que ce n'étoit pas la peine de tant comploter pour me déterminer à une action de la vie civile. Cette réponse charma M. de Buffon. Lorsque je revins de la grand'messe, où ses douleurs de pierre l'avoient empêché d'aller, il me fit un million de remerciements de ce que j'avois pu supporter trois quarts d'heure d'ennui ; il me répéta que, dans une petite ville comme Montbard, la messe étoit d'obligation.

Quand Buffon sort de l'office, il aime à se promener sur la place, escorté de son fils, et entouré de ses paysans. Il se plaît surtout à paroître au milieu d'eux en habit galonné. Il fait le plus grand cas de la parure, de la frisure, des beaux habits : lui-même, il est toujours mis comme un vieux seigneur, et gronde son fils lorsqu'il ne porte qu'un frac à la mode. Je savois cette manie, et je m'étois muni pour m'introduire chez lui, d'un habit galonné, avec une veste chargée d'or. J'ai appris que ma précaution avoit réussi à merveille : il me cita pour exemple à son fils. « Voilà un homme ! » s'écrioit-il ; et son fils avoit beau dire que la mode en étoit passée, il n'écoutoit rien. En effet, c'est lui qui a imprimé, au commencement de son Traité sur l'Homme, que nos habits font partie de nous-mêmes.

Notre machine est tellement construite, que nous commençons par nous prévenir en faveur de celui qui brille à nos yeux ; on ne le sépare pas d'abord de son habit ; l'esprit saisit l'ensemble, le vêtement et la personne, et juge par le premier du mérite de la seconde. Cela est si vrai que M. de Buffon a fini par s'y prendre lui-même, et j'ai opéré sur lui, avec mon habit, l'illusion qu'il vouloit communiquer aux autres. Que sera-ce surtout, si nous connoissons déjà le personnage dont nous approchons, si nous sommes instruits de sa gloire, de ses talens ? Alors le génie et l'or conspirent ensemble à nous éblouir, et l'or semble l'éclat du génie même.

Buffon s'est tellement accoutumé à cette magnificence, qu'il disoit un jour qu'il ne pouvoit travailler que lorsqu'il se sentoit bien propre et bien arrangé. Un grand écrivain s'assied à sa table d'étude, comme pour paroître dans nos actions solennelles nous produisons nos plus

belles parures. Il est seul ; mais il a devant lui l'univers et la postérité ; ainsi, les Gorgias et les sophistes de la Grèce, qui étonnoient des peuples frivoles par l'éloquence de leurs discours, ne se montroient jamais en public que parés d'une robe de pourpre.
Il me reste à terminer la journée de M. de Buffon. Après son dîner, il ne s'embarrasse guère de ceux qui habitent son château, ou des étrangers qui sont venus le voir.

Il s'en va dormir une demi-heure dans sa chambre, puis il fait un tour de promenade, toujours seul, et à cinq heures il retourne à son cabinet se remettre à l'étude jusqu'à sept heures ; alors il revient au salon, fait lire ses ouvrages, les explique, les admire, se plaît à corriger les productions qu'on lui présente, et sur lesquelles on le consulte, telle a été sa vie pendant cinquante ans (Indépendamment de ceux qui le consultoient sur leurs ouvrages, il étoit peu d'écrivains qui ne tinssent à honneur de lui faire hommage de leurs productions ; mais il lui restoit peu de temps pour lire les livres qu'on lui envoyoit, il se bornoit ordinairement à la table des chapitres, pour voir ceux qui paraissoient les plus intéressants ; dans les quinze dernières années de sa vie, il y a peu d'ouvrages qu'il ait lus autrement. Parmi les auteurs qui n'existent plus, outre ceux dont ci-après on verra qu'il conseille l'étude, il faisoit un cas particulier de Fénelon et de Richardson.). Il disoit à quelqu'un qui s'étonnoit de sa
renommée : « J'ai passé cinquante ans à mon bureau. » A neuf heures du soir il va se coucher, et ne soupe jamais ; cet infatigable écrivain menoit encore cette vie laborieuse jusqu'au moment où je suis arrivé à Montbard, c'est-à-dire à soixante-dix-huit ans ; mais, de vives douleurs de pierre lui étant survenues, il a été obligé de suspendre ses travaux. Alors, pendant quelques jours, il s'est enfermé dans sa chambre, seul, se promenant de temps en temps, ne recevant qui que ce soit de sa famille, pas même sa soeur, et n'accordant à son fils qu'une minute dans la journée.

J'étois le seul qu'il voulût bien admettre auprès de lui ; je le trouvois toujours beau et calme dans les souffrances, frisé, paré même : il se plaignoit doucement de sa santé, il prétendoit prouver, par les plus forts raisonnemens, que la douleur affaiblissoit ses idées. Comme les maux étoient continus, ainsi que l'irritation des besoins, il me prioit souvent de me retirer au bout d'un quart d'heure, puis il me faisoit rappeler quelques moments après. Peu à peu les quarts d'heures devinrent des heures entières. Ce bon vieillard m'ouvroit son coeur avec tendresse ; tantôt il me faisoit lire le dernier ouvrage qu'il composait, c'est un Traité de l'Aimant ; et, en m'écoutant, il retravailloit intérieurement toutes ses idées, auxquelles il donnoit de nouveaux développemens, ou changeoit leur ordre, ou retranchoit quelques détails superflus ; tantôt il envoyoit chercher un volume de ses ouvrages, et me faisoit lire les beaux morceaux de style, tels que le discours du premier homme, lorsqu'il décrit l'histoire de ses sens, ou la peinture du désert de l'Arabie, dans l'article du Chameau, ou une autre peinture plus belle encore selon lui, dans l'article du Kamichi ; tantôt il m'expliquoit son système sur la formation du monde, sur la génération des êtres, sur les mondes intérieurs, etc. ; tantôt il me récitoit des lambeaux entiers de ses ouvrages, car il sait par coeur tout ce qu'il a fait ; et c'est une preuve de la puissance de sa mémoire, ou plutôt du soin extrême avec lequel il travaille ses compositions. Il écoute toutes les objections qu'on peut lui faire, les apprécie et s'y rend quand il les approuve.

Il a encore une manière assez bonne de juger si les écrits doivent réussir, c'est de les faire lire de temps en temps sur son manuscrit même ; alors si, malgré les ratures, le lecteur n'est point arrêté, il en conclut que l'ouvrage se suit bien. (Il avoit aussi une autre manière de juger ses ouvrages. Lorsqu'on les lui lisoit, il prioit son lecteur de traduire en d'autres mots certains morceaux dont la composition lui avoit beaucoup coûté : alors si la traduction rendoit fidèlement le sens qu'il s'étoit proposé, il laissoit le morceau tel qu'il étoit ; pour peu, au contraire, que l'on s'écartât du sens, il revoyoit le passage, cherchoit ce qui pouvoit y nuire à la clarté, et le corrigeoit.) Sa principale attention pour le style, c'est la précision des idées, et leur correspondance ; ensuite il s'applique, comme il le recommande dans son excellent discours de réception à l'Académie française, à nommer les choses par les termes les plus généraux ; ensuite vient l'harmonie, qu'il est bien essentiel de ne pas négliger ; mais elle doit être la dernière attention du style.

C'est de l'histoire naturelle et du style qu'il aime le mieux à s'entretenir. Je ne sais même si le style n'auroit pas la préférence. Nul homme n'en a mieux senti la métaphysique, si ce n'est peut-être Beccaria ; mais Beccaria, en donnant le précepte, n'a pas également donné l'exemple comme M. de Buffon. « Le style est l'homme même, me répétoit-il souvent, les poètes n'ont pas de style, parce qu'ils sont gênés par la mesure du vers, qui fait d'eux des esclaves ; aussi quand on vante devant moi un homme, je dis toujours : Voyons ses papiers. »

- Comment trouvez-vous le style de M. Thomas, lui demandois-je. - « Assez bon, me répondit-il, mais trop tendu, trop enflé ». - Et le style de Rousseau ? - Beaucoup meilleur ; mais Rousseau a tous les défauts de la mauvaise éducation : il a l'interjection, l'exclamation en avant, l'apostrophe continuelle. - Donnez-moi donc vos principales idées sur le style.

- Elles sont dans mon discours à l'Académie ; au reste, en deux mots, il y a deux choses qui forment le style, l'invention et l'expression. L'invention dépend de la patience ; il faut voir, regarder longtemps son sujet : alors il se déroule et se développe peu à peu, vous sentez comme un petit coup d'électricité qui vous frappe la tête, et en même temps vous saisit le coeur ; voilà le moment du génie, c'est alors qu'on éprouve le plaisir de travailler, plaisir si grand que je passais douze heures, quatorze heures à l'étude : c'étoit tout mon plaisir ; en vérité je m'y livrois bien plus que je ne m'occupois de la gloire : la gloire vient après, si elle peut ; et elle vient presque toujours. Mais voulez-vous augmenter le plaisir, et en même temps être original ? Quand vous aurez un sujet à traiter, n'ouvrez aucun livre, tirez tout de votre tête, ne consultez les auteurs que lorsque vous sentirez que vous ne pouvez plus rien produire de vous-même : c'est ainsi que j'en ai toujours usé. On jouit véritablement par ce moyen quand on lit les auteurs, on se trouve à leur niveau, ou au-dessus d'eux, on les juge, on les devine, on les lit plus vite.

A l'égard de l'expression, il faut toujours joindre l'image à l'idée ; il faut même que l'image précède l'idée pour y préparer l'esprit ; on ne doit pas toujours employer le mot propre, parce qu'il est souvent trivial, mais on doit se servir du mot auprès. En général une comparaison est ordinairement nécessaire pour faire sentir l'idée, et, pour me servir moi-même d'une comparaison, je me représenterai le style sous l'image d'une découpure qu'il faut rogner, nettoyer dans tous les sens, afin de lui donner la forme qu'on lui désire. Lorsque vous écrivez, écoutez le premier mouvement, c'est en général le meilleur, puis laissez reposer quelques jours, ou même quelque temps ce que vous avez fait. La nature ne produit pas de suite, ce n'est que peu à peu qu'elle opère, après le repos et avec des forces rafraîchies ; il faut seulement s'occuper de suite du même objet, le suivre, ne pas se livrer à plusieurs genres. Quand je faisois un ouvrage, je ne songeois pas à autre chose. J'excepte cependant votre état, me dit M. de Buffon : vous avez souvent plusieurs plaidoyers à composer à la fois, et dans des matières peu intéressantes ; le temps vous manque, vous ne pouvez parler que sur des notes ; dans ces cas, au lieu de correction, il faut donner davantage à l'éloquence des parole, c'en est assez pour des auditeurs. Pardieu, pardieu, la lettre que vous m'avez écrite (j'en ai cité la fin au commencement de cet article, pour avoir occasion d'en parler maintenant) fourniroit un beau parallèle entre l'interprète de la nature et l'interprète de la société.

Faites cela dans quelques discours, le morceau produiroit un effet superbe. Il seroit curieux de considérer les bases des opinions, et de montrer combien elles sont flottantes dans la société. »
Je demandai ensuite à M. de Buffon quelle seroit la meilleure manière de se former ? Il me répondit qu'il ne falloit lire que les ouvrages principaux ; mais les lire dans tous les genres et dans toutes les sciences, parce qu'elles sont parentes, comme dit Cicéron, parce que les vues de l'une peuvent s'appliquer à l'autre, quoiqu'on ne soit pas destiné à les exercer toutes. Ainsi, même pour un jurisconsulte, la connoissance de l'art militaire, et de ses principales opérations, ne seroit pas inutile. « C'est ce que j'ai fait », me disoit l'auteur de l'Histoire naturelle. Au fond, l'abbé de Condillac a fort bien dit, à la

tête de son quatrième volume du Cours d'éducation, si je ne me trompe, qu'il n'y a qu'une seule science, la science de la nature. M. de Buffon étoit du même avis, sans citer l'abbé de Condillac, qu'il n'aime pas, ayant eu jadis des discussions polémiques avec lui ; mais il pense que toutes nos divisions et classifications sont arbitraires, que les mathématiques elles-mêmes ne sont que des arts qui tendent au même but, celui de s'appliquer à la nature, et de la faire connoître. « Que cela ne nous effraye point au surplus. Les livres capitaux dans chaque genre sont rares, et au total ils pourroient peut-être se réduire à une cinquantaine d'ouvrages qu'il suffiroit de bien méditer. »

C'est surtout la lecture assidue des plus grands génies que me recommandoit M. de Buffon ; il en trouvoit bien peu dans le monde. « Il n'y en a guère que cinq, me disait-il, Newton, Bacon, Leibnitz, Montesquieu et moi. A l'égard de Newton, il a découvert un grand principe ; mais il a passé toute sa vie à faire des calculs pour le démontrer, et, par rapport au style, il ne peut pas être d'une grande utilité. » Il faisoit plus de cas de Leibnitz que de Bacon lui-même ; il prétendoit que Leibnitz emportoit les choses à la pointe de son génie, au lieu que chez Bacon les découvertes ne naissent qu'après de profondes réflexions ; mais il disoit en même temps que ce qui montroit mieux le génie de Leibnitz n'étoit peut-être pas dans la collection de ses ouvrages ; qu'il falloit le chercher dans les mémoires de l'Académie de Berlin. En citant Montesquieu, il parloit de son génie, et non pas de son style, qui n'est pas toujours parfait, qui est trop écourté, qui manque de développement. « Je l'ai beaucoup connu, me disoit-il, et ce défaut tenoit à son physique. Le président étoit presque aveugle, et il étoit si vif que la plupart du temps il oublioit ce qu'il vouloit dicter, en sorte qu'il étoit obligé de se resserrer dans le moindre espace possible. »
Enfin, j'étais bien aise de savoir ce que M. de Buffon me diroit de lui-même, comment il s'apprécioit ; et voici le tour dont je m'avisai.
Il m'avoit demandé à voir de mon style.

Je craignois ce moment ; cependant l'extrême envie d'entendre ses observations et de me former par ses critiques me fit oublier les

intérêts de mon amour propre. Je lui récitai donc la seule chose dont je me souvinsse pour lors ; je vis avec plaisir qu'il ne corrigea qu'un seul mot, qu'il critiqua avec rigueur, mais avec raison, et il me dit avec sa franchise accoutumée : « Voilà une page que je n'écrirais pas mieux. » Enhardi par cette première réussite, il me parut plaisant d'écrire une autre page sur lui-même, et de la lui présenter. Il étoit téméraire d'oser ainsi juger le génie en présence du génie même. Je pris le parti de comparer l'invention de M. de Buffon avec celle de Rousseau, me doutant pour qui, sans injustice, pencheroit la balance. Voilà donc que je m'enferme le soir dans ma chambre, je prends l'Emile et le volume des Vues sur la Nature ; je me mets à lire alternativement une page de l'un, une page de l'autre ; j'écoutois ensuite les impressions que je ressentais intérieurement. J'en comptois les différentes espèces ; au bout d'une heure je parvins à les réaliser, et à les écrire (* C'est le PARALLELE suivant entre J. J. Rousseau et M. de Buffon, considérés sous le rapport de la pensée :
« En lisant, dans le dessein de comparer, les morceaux philosophiques du célèbre Rousseau, et de l'illustre auteur de l'Histoire naturelle ; voici le parallèle que j'ai cru pouvoir établir entre ces deux grands écrivains.
« Rousseau a l'éloquence des passions : Buffon la parole du génie.
« Rousseau analyse chaque idée ; Buffon généralise la sienne, et ne daigne particulariser que l'expression.

« Rousseau démêle et réunit les sensations qu'un objet fait naître ; Buffon ne choisit que les plus grandes, et combine pour en comparer de nouvelles.
« Rousseau n'a rien écrit que pour des auditeurs, Buffon que pour des lecteurs.
« Dans les belles amplifications auxquelles s'est livré Rousseau, on voit qu'il s'enivre de sa pensée ; il s'y complaît, et tourne autour d'elle jusqu'à ce qu'il l'ait épuisée dans les plus petites nuances : c'est un cercle qui, dans l'onde la plus pure, s'élargit souvent au point de disparoître. Buffon, lorsqu'il présente une vue générale, donne à ses conceptions le mouvement qui naît de l'ordre, et ce mouvement, plus il est mesuré, plus il est rapide. Semblable à une pyramide immense,

dont la base couvre la terre, et dont le sommet va se perdre dans le ciel, sa pensé audacieuse et assurée recueille les faits, saisit leur chaîne invisible, les suspend à leurs origines, élève toutes ces origines les unes sur les autres, et, se resserrant au lieu de croître, s'accélère en montant, et ne s'arrête qu'au point d'où elle embrasse et domine tout.

« Rousseau, par une suite de son caractère, se fait presque toujours le centre de ses idées : elles lui sont plus personnelles qu'elles ne sont propres au sujet, et l'ouvrage ne produit ou plutôt ne présente que l'ouvrier ; Buffon, par une connoissance de plus du sujet et de l'art d'écrire, rassemble toutes les opérations de l'esprit, pour révéler les mystères et développer les oeuvres de la nature.

Son style, formé d'une combinaison de rapports, devient alors un style nécessaire ; il grave tout ce qu'il peint, et il féconde en décrivant.

« Enfin, Rousseau a mis en activité tous les sens que donne la nature ; et Buffon, par une plus grande activité, semble s'être créé un sens de plus. *) Le lendemain je portai cette page à M. de Buffon ; je puis dire qu'il en fut prodigieusement satisfait. A mesure que je la lui lisois, il se récrioit, ou bien il corrigeoit quelques mots ; enfin il passa cinq jours à relire, à retoucher lui-même ce morceau. Continuellement il me faisoit appeller pour me demander si j'adhérois à tel changement ; je le combattois quelquefois, je me rendois presque toujours. M. de Buffon, depuis ce temps, ne mit plus de bornes à son affection pour moi. Tantôt il s'écrioit : « Voilà une haute conception, pardieu, pardieu, on ne peut pas faire mieux une comparaison, c'est une page à mettre entre Rousseau et moi. » Tantôt il me conjuroit de la mettre au net de ma main, et de la signer, et de permettre qu'il l'envoyât à M. et Mme Necker. Tantôt il m'engageoit à la faire insérer, sans me nommer, dans le Journal de Paris, ou dans le Mercure. Voulant me divertir un peu de la bonne et franche vanité du personnage, je lui demandai si je ne ferois pas bien d'envoyer en même temps aux journaux l'inscription que son fils venoit de lui dédier au pied de la colonne qu'il lui avoit élevée. « Pour une autre fois, me répondit-il ; il ne faut pas diviser l'attention. Ce sera le sujet

de deux lettres. »
Enfin, ne sachant quelle fête me faire, ni comment me témoigner sa joie, voici ce qu'il me dit un jour.

Je ne devrois pas le dire ; car je vais tomber dans un amour-propre bien plus ridicule, et bien moins fondé que le sien ; mais la fidélité de ma narration exige que je dise tout : je parlerois même contre moi si cette même narration l'exigeoit. J'entendis donc un matin sa sonnette, dont il sonne toujours trois coups, et, l'instant d'après, son valet de chambre vint me dire : « M. de Buffon vous demande. » Je monte ; il vient à moi, m'embrasse, et dit : « Permettez-moi de vous donner un conseil. » Je ne savois où il en vouloit venir : je lui promis que tout ce qu'il voudroit bien me dire seroit reçu avec une entière reconnoissance. « Vous avez deux noms, me dit-il ; on vous donne dans le monde tantôt l'un, tantôt l'autre, et quelquefois tous les deux ensemble ; croyez-moi, tenez-vous-en à un seul : il ne faut pas que l'étranger puisse s'y méprendre. »
Il me parla ensuite avec passion de l'étude, du bonheur qu'elle assure ; il me dit qu'il s'étoit toujours placé hors de la société ; que souvent il avoit recherché des savans, croyant gagner beaucoup dans leur entretien ; qu'il avoit vu que, pour une phrase quelquefois utile qu'il en recueilloit, ce n'étoit pas la peine de perdre une soirée entière ; que le travail etoit devenu pour lui un besoin, qu'il espéroit s'y livrer encore pendant trois ou quatre ans qui lui restoient à vivre ; qu'il n'avoit aucune crainte de la mort ; que l'idée d'une renommée immortelle le consoloit ; que, s'il avoit pu chercher des dédommagemens de tout ce qu'on appelle des sacrifices au travail, il en auroit trouvé d'abondans dans l'estime de l'Europe et les lettres flatteuses des principales têtes couronnées.

Ce vieillard ouvrit alors un tiroir, et me montra une lettre magnifique du prince Henri, qui étoit venu passer un jour à Montbard ; qui l'avoit traité avec une sorte de respect ; qui, sachant qu'après son dîner il avoit coutume de dormir, s'étoit assujetti à ses heures ; qui venoit de lui envoyer un service de porcelaine dont lui-même avoit donné les dessins, et où des cygnes sont représentés dans toutes leurs attitudes, en mémoire de l'histoire du Cygne, que M. de Buffon lui avoit lue à son passage ; enfin, qui lui écrivoit ces paroles remarquables : « Si j'avois besoin d'un ami, ce seroit lui ; d'un père, encore lui ; d'une intelligence pour m'éclairer, eh ! quel autre que lui ? »

M. de Buffon me montra ensuite plusieurs lettres de l'impératrice de Russie, écrites de sa propre main, pleines de génie, où cette grande femme le loue de la manière qui lui a été le plus sensible, puisqu'il est clair qu'elle a lu ses ouvrages, et qu'elle les a compris en savant. Elle lui mandoit « Newton avoit fait un pas, vous avez fait le second. » En effet, Newton a découvert la loi de l'attraction, Buffon a démontré celle de l'impulsion, qui, à l'aide de la précédente, semble expliquer toute la nature.

Elle ajoutoit : « Vous n'avez pas encore vidé votre sac au sujet de l'homme », faisant allusion par là au système de la génération, et Buffon s'applaudissoit d'avoir été plus entendu par une souveraine que par une Académie.

Il me montra aussi des questions très épineuses que lui proposoit l'impératrice sur les Époques de la Nature ; il me confia les réponses qu'il y faisoit. Dans cette haute correspondance de la puissance et du génie, mais où le génie exerçoit la véritable puissance, je sentois mon âme attendrie, élevée ; la gloire paroissoit se personnifier à mes yeux ; je m'imaginois la toucher, la saisir, et cette admiration des souverains, forcés de s'humilier ainsi eux-mêmes devant une grandeur réelle, touchoit mon coeur, comme un hommage bien au-dessus de tous les honneurs qu'ils eussent pu décerner dans leur empire.

Je quittai peu de jours après ce bon et grand homme, emportant dans mon coeur un souvenir profond et immortel de tout ce que j'avois vu, de tout ce que j'avois entendu. Je me récitois, en m'éloignant, ces deux beaux vers de l'OEdipe de Voltaire :

L'amitié d'un grand homme est un bienfait des dieux,

Je lisois mon devoir et mon sort dans ses yeux.

Il étoit dit que j'aurois encore une fois le bonheur de le voir. En quittant Semur pour retourner à Paris, la poste me ramena par Montbard, contre mon attente. Je ne pus m'empêcher, quoiqu'il fût sept heures du matin, d'envoyer mon valet de chambre savoir des nouvelles de M. de Buffon. Il me fit dire qu'il vouloit absolument me voir. Lorsque je le revis, je me jetai dans ses bras, et ce bon vieillard me serra longtemps contre son sein, avec une tendresse paternelle. Il voulut déjeuner avec moi, remplit ma voiture de provisions, et me parla pendant trois heures avec plus de chaleur et d'activité que jamais.

Il sembloit m'ouvrir son âme et m'y laisser pénétrer à loisir ; l'amour de l'étude ne fut point oublié dans cet entretien.

Je consultai M. de Buffon sur un projet d'ouvrage que j'ai formé sur la législation, qui occuperoit, il est vrai, une grande partie de la vie, et peut-être la vie tout entière. Mais quel plus beau monument pourroit laisser un magistrat ? Nous en raisonnâmes longtemps. Il s'agiroit de faire une revue générale de tous les droits des hommes et de toutes leurs lois ; de les comparer, de les juger, et d'élever ensuite un nouvel édifice. Il approuva mes vues, m'encouragea ; il augmenta mon plan et en fixa la mesure. Il me persuada, comme c'étoit mon projet, de ne prendre que les sommités des choses, capita rerum, mais de les bien développer, quoique sans longueur, de resserrer l'ouvrage en un volume in-4°, ou deux tout au plus ; de le travailler sur quatre parties : 1° morale universelle, ce qu'elle doit être dans tous les temps et dans tous les lieux ; 2° législation universelle, prendre l'esprit de toutes les lois qui existent dans l'univers. (comme je lui disais qu'il y auroit un bel ouvrage à faire sur la manière de rédiger une loi, en suivant toutes les circonstances possibles, où la raison humaine pourroit avoir à s'exercer ; il me dit que ce seroit la troisième partie de mon ouvrage) ; 3° d'une réforme qu'il voudroit introduire dans les différentes lois du globe ; 4° enfin, il m'ajouta qu'il y aurait une magnifique conclusion, qui seroit déterminée par un grand chapitre sur la nécessité et sur l'abus des formes.

Par ce moyen on embrasseroit tous les objets possibles qui peuvent concerner la législation. Ce plan, quoique immense dans le détail, m'a paru très satisfaisant, et je me suis proposé de l'exécuter. Je sais tout ce qu'il m'en coûtera ; mais un grand plan et un grand but

laissent du bonheur dans l'âme, chaque jour qu'on se met à l'oeuvre. M. de Buffon ne me cacha point, et je le sentois bien, que j'aurais plus à travailler qu'un autre, ayant en outre à remplir les devoirs de ma charge, qui suffisoient pour absorber un homme ; mais quelle supériorité une pareille étude constamment suivie, ne me donnoit-elle pas, même pour remplir ces mêmes devoirs ? Il me conseilla donc de ne les points négliger ; mais il m'avertit qu'avec de la patience et de la méthode je m'apercevrois chaque jour du progrès et de la vigueur de mon intelligence. Il m'exhorta à faire comme lui, à prendre un secrétaire uniquement pour ce travail. En effet, M. de Buffon s'est toujours beaucoup fait aider ; on lui fournissoit des observations, des expériences, des mémoires, et il combinoit tout cela avec la puissance de son génie. J'en ai trouvé une fois la preuve dans le peu de papiers qu'il avoit laissés dans un carton : je vis un mémoire sur l'aimant, auquel il travaille, envoyé par le comte de Lacépède, jeune homme plein d'ardeur et de connaissances.
Buffon a raison : il y a mille choses qu'il faut laisser à des manoeuvres, autrement on seroit écrasé, et on n'arriveroit jamais à son but.

Il me dit que dans le temps de ses plus grands travaux il avoit une chambre remplie de cartons, qu'il a depuis brûlés. Il me fortifia dans la résolution de ne point consulter les livres, de tirer tout de moi-même, de ne les ouvrir que quand je ne pourrais plus aller plus loin que le point où je me trouvois. Encore parmi les livres il me conseilla de ne lire que l'histoire naturelle, l'histoire et les voyages : il avoit bien raison. La plupart des hommes manquent de génie, parce qu'ils n'ont pas la force ni la patience de prendre les choses de haut : ils partent de trop bas, et cependant tout doit se trouver dans les origines. Quand on connoît l'histoire naturelle d'un peuple, on doit trouver sans peine quelles sont ses moeurs, quelles sont ses lois. On trouveroit presque son histoire civile tout entière ; mais, quand on connoît de plus son histoire civile, on doit encore plus aisément découvrir et juger ses lois, en les combinant soit avec sa constitution, soit avec les événemens.
« Je ne suis pas en peine de vous, me disoit M. de Buffon, pour la

première partie, savoir pour la morale universelle : vous vous en tirerez bien, il suffit d'avoir une âme droite et un esprit pénétrant et juste ; mais c'est lorsqu'il s'agira de découvrir et classer cette multitude innombrable d'institutions et de lois : voilà un grand effort, et digne de tout le courage humain. » Je ne pus m'empêcher de lui faire une observation délicate :

« Et la religion, Monsieur, comment nous en tirerons-nous ? » Il me répondit : « Il y a moyen de tout dire ; vous remarquerez que c'est un objet à part ; vous vous envelopperez dans tout le respect qu'on lui doit à cause du peuple : il vaut mieux être compris d'un petit nombre d'intelligens, et leur suffrage seul vous dédommage de n'être point compris par la multitude. Quant à moi, je traiterais avec un égal respect le christianisme et le mahométisme. »
Ainsi s'écouloient les heures dans ces entretiens de gloire et d'espérance. Je ne pouvois m'arracher du sein de ce nouveau père que la science et le génie m'avoient donnés. Il fallut enfin le quitter : ce ne fut pas sans être resté longtemps dans les plus étroits embrassements, et sans une promesse réitérée de me nourrir beaucoup de ses ouvrages, qui contiennent toute la philosophie naturelle, et de le cultiver en même temps avec une assiduité filiale le reste de sa vie.
Voilà tout ce que je sais sur M. de Buffon. Comme ces détails ne sont que pour moi, je m'y suis étendu avec complaisance, et avec une sorte de vénération.

FIN